PRIVILEGE GENERAL.

LOUIS PAR LA GRACE DE DIEU, ROY DE FRANCE ET DE NAVARRE: à nos amez & feaux Conseillers, les Gens tenant nos Cours de Parlement, Maîtres des Requêtes ordinaires de nôtre Hôtel, Grand Conseil, Prevôt de Paris, Baillifs, Senêchaux, leurs Lieutenants Civils, & autres nos Justiciers qu'il appartiendra; SALUT: Le Sieur GUYENET, nôtre Conseiller-Tresorier-General-Receveur & Payeur des Rentes de l'Hôtel de nôtre bonne Ville de Paris, Nous a fait remontrer qu'ayant obtenu de Nous le Privilege de faire representer les OPERA durant le temps de dix années, à compter du premier Mars 1709. Il auroit depuis acquis les Privileges que Nous avions cy-devant accordez aux Sieurs de Francini, de Lully fils, & Ballard, pour l'impression desdits OPERA, lesquels il desireroit donner au Public, s'il Nous plaisoit luy accorder nos Lettres de Privilege sur ce necessaires. A CES CAUSES, desirant favorablement traiter l'Exposant, attendu les grandes dépenses qu'il convient faire, tant pour l'Impression que pour la Gravure en Taille-douce des Planches dont ce Livre sera orné. Nous luy avons permis & permettons par ces présentes de faire imprimer & graver les PAROLES, ET LA MUSIQUE DE TOUS LESDITS OPERA QUI ONT ETE', OU QUI SERONT REPRESENTEZ PAR L'ACADEMIE ROYALE DE MUSIQUE, tant separement, que conjointement, en telle forme, marge, caractere, nombre de Volumes, & de fois que bon luy semblera, & de les faire vendre & debiter par tout nôtre Royaume, pendant le temps de dix années consecutives, à compter du jour de la datte desdites présentes. FAISONS DEFENSES à toutes personnes de quelque qualité & condition qu'elles puissent être, d'en introduire d'impression étrangere, dans aucun lieu de nôtre obeissance; Et à tous Imprimeurs, Libraires, Graveurs, & autres, d'Imprimer, faire Imprimer, vendre, faire vendre, debiter, ny contrefaire lesdites Impressions, Planches & Figures, en tout ny en partie, sans la permission expresse & par écrit dudit Sieur Exposant, ou de ceux qui auront Droit de luy, à peine de confiscation des Exemplaires contrefaits, de six mil livres d'amende contre chacun des contrevenants, dont un tiers à Nous, un tiers à l'Hôtel-Dieu de Paris, l'autre tiers audit Sieur Exposant, & de tous dépens, dommages & interests: à la charge que ces présentes seront Enregistrées tout au long sur le Registre de la Communauté des Imprimeurs & Libraires de Paris, & ce dans trois mois de la datte d'icelles; Que la Gravure & Impression desdits Opera, sera faite dans nôtre Royaume, & non ailleurs, en bon Papier & en beaux Caracteres conformement aux Reglements de la Librairie; & qu'avant que de les exposer en vente, il en sera mis deux Exemplaires dans nôtre Bibliotheque publique, un dans celle de nôtre Château du Louvre, & un dans celle de nôtre tres-cher & feal Chevalier Chancellier de France le Sieur Phelypeaux, Comte de Pontchartrain, Commandeur de nos Ordres; le tout à peine de nullité des présentes: du contenu desquelles, vous mandons & enjoignons de faire joüir ledit Sieur Exposant, ou ses Ayants cause, pleinement & paisiblement, sans souffrir qu'il leur soit fait aucun trouble ou empêchement. VOULONS que la copie desdites présentes, qui sera imprimée au commencement ou à la fin desdits Opera, soit tenuë pour dûement signifiée, & qu'aux copies collationnées par l'un de nos amez & feaux Conseillers & Secretaires, foy soit ajoûtée comme à l'Original. COMMANDONS au premier nôtre Huissier ou Sergent, de faire pour l'exécution d'icelles, tous Actes requis & necessaires, sans demander autre permission, & nonobstant Clameur de Haro, Charte Normande, & Lettres à ce contraires: CAR tel est nôtre plaisir. DONNÉ à Paris le vingt deuxiéme jour de Juin, l'An de grace 1709. Et de nôtre Regne, le soixante-septieme. Par le ROY, en son Conseil. Signé, LE COMTE, avec Paraphe, & scellé.

J'ay cedé à Monsieur *Ballard*, seul Imprimeur du Roy pour la Musique, le present Privilege, suivant le Traité fait avec luy le 19e. jour d'Avril 1709. A Paris ce 12 Juillet 1709. Signé, GUYENET.

Registré sur le Registre No 2. *de la Communauté des Imprimeurs & Libraires de Paris page* 461. No 901. & 902. *conformément aux Reglements, & nottament à l'Arrest du Conseil du* 13. *Aoust* 1703. *A Paris ce* 12. *Juillet* 1709. *Signé* L. SEVESTRE, *Syndic.*

LES AMOURS DÉGUISEZ,

BALET.

REPRESENTÉ POUR LA PREMIERE FOIS PAR L'ACADEMIE ROYALE DE MUSIQUE,

Le Mardy vingt-deuxiéme Aoust 1713.

Le prix est de trente sols.

A PARIS,
Chez PIERRE RIBOU, Quai des Augustins, à la descente du Pont-Neuf, à l'Image saint Loüis.

M. DCC. XIII.
AVEC PERMISSION.

AVERTISSEMENT.

LES déguisemens de l'Amour sont si ordinaires qu'il ne se montre presque plus tel qu'il est : bien des cœurs qui le reçoivent lorsqu'il s'introduit sous le nom d'une autre passion, le rejetteroient d'abord s'il se presentoit sous le sien : c'est ce qui l'engage souvent à se servir d'un artifice qui lui réüssit toûjours ; on n'a exposé dans ce Balet que trois de ses Déguisemens pour éviter l'uniformité qui se seroit trouvée necessairement dans la maniere d'amener les situations & de les developper ; c'est cette même raison qui a déterminé à changer de plan dans l'entrée de l'Estime : Si l'Amour de Julie n'est pas un amour qui se déguise, c'est du moins un amour qui se démasque.

On a fait une pastorale de l'entrée de l'Amitié : un sentiment si pur & si doux semble ne convenir qu'à des Bergers, l'Amour ne peut prendre un déguisement si simple que dans les hameaux & les bocages, séjour de la Paix & de l'innocence. Quand Pâris ignoroit l'éclat de son Sang, la tendresse d'Enone faisoit son bonheur ; en cessant d'être Berger il cessa d'être fidele, & son inconstance causa cette fameuse Guerre de Troye, qui a fourni tant de Heros au Theatre & le sujet de l'entrée de la Haine. Phaetuse sœur de Circé & fille du Soleil, habitoit la Sicile avec ses sœurs. Les Mithologistes disent qu'elles y veilloient à la conservation des Troupeaux consacrez à leur Pere : Ulisse ayant été jetté par la tempête dans cette Isle, les Grecs qui le suivoient furent immolez au Soleil, dont ils avoient tué quelques Taureaux ; voilà le fonds de la Fable : Mais on a vû tant de fois Ulisse sur la Scene, qu'on a mieux aimé y montrer Diomede : ces deux Heros ont couru les mêmes perils & les mêmes mers, & le dernier qui a fondé une Ville en Italie, a bien pû aborder en Sicile, on a seulement annobli le danger des Grecs, & la fureur de Phaetuse en donnant un principe plus illustre à sa colere.

Quand à l'arrangement des Entrées on n'a eu égard qu'à la commodité des Acteurs qui representans divers personnages n'auroient pas eu le tems de changer d'habits si on avoit suivi une autre disposition. Si l'on n'en dit pas davantage, ce n'est pas qu'on croye ce Balet exempt de défauts, mais il est inutile aux Auteurs de défendre leurs Pieces de Theatre. C'est au Public à les justifier ; heureux qui peut en l'amusant l'interesser dans la défense de ses Ouvrages, & meriter qu'il en devienne l'apologiste contre la satyre outrée & les prétendus connoisseurs.

PERSONNAGES
DU PROLOGUE.

VENUS,	Mademoiselle Poussin.
MINERVE,	Mademoiselle Antier.
BACCHUS,	Monsieur Hardoüin.
Un Plaisir en Matelot,	Monsieur Mantienne.
Un Satyre,	Monsieur Pelissier.
Une Amante,	Mademoiselle Limbourg.

PREMIERE ENTRE'E.

DIOMEDE, *Roi d'Etolie,*	Mr. Thevenard.
PHAETUSE, *fille du Soleil,*	Mlle Journet.
DIRCE', *Nymphe,*	Mlle Antier.
Une Habitante de l'Isle de Phaëtuse,	Mlle Dun.
Le grand Sacrificateur du Soleil,	Mr Mantienne.

DEUXIE'ME ENTRE'E.

ENONE *Nymphe,*	Mademoiselle Heuzé.

ISMENE *Nymphe*, Mademoiſelle Pouſſin.

PARIS *Berger, Fils du Roi Priam*, Mr Cochereau.

Une Bergere, Mademoiſelle Antier.

TROISIE'ME ENTRE'E.

OVIDE *Chevalier Romain*, Monſieur Thevenart.

JULIE *Fille d'Auguſte*, Mademoiſelle Journet.

ALBINE *Dame Romaine*, Madem. Limbourg.

Une Habitante de l'Iſle de Chypre, Madem. Antier.

Un Indien, Monſieur Cochereau.

Un Scithe, Monſieur le Mire.

Une Boëmienne, Mademoiſelle Dimanche cadette.

DIVERTISSEMENT
DU PROLOGUE.

AMANS.

MESSIEURS

F. Dumoulin, D. Dumoulin.

AMANTES.

MESDEMOISELLES

HAREN, ISECQ.

PLAISIRS *en Matelots.*

Messieurs Germain, P-Dumoulin & Gaudrau.

GRACES *en Matelots.*

Mesdemoiselles Mangot, Dimanche cadette, & Corbiere.

SATYRES.

Messieurs Duval, Guyot, Dangeville-C. & Rameau.

BACCHANTES.

Mesdemoiselles Lemaire, Leroy, Rameau & Dimanche-L.

PREMIERE ENTRE'E.

GRECS.

Monsieur Blondy *seul.*

Messieurs Dumoulin-L., Marcelle, Germain Gaudrau, Javilliers, & Pierret.

NYMPHES.

Mesdemoiselles Isecq, Haren, Lemaire, Leroy, Mangot, Dimanche-L.

SECONDE ENTRE'E.

BERGERS.

Messieurs D-Dumoulin, P-Dumoulin, Dangeville-C. & Duval.

BERGERES.

Mademoiselle Prevost *seule.*

Mesdemoiselles Haren, Mangot, & Corbiere.

PASTRES.

M. F. Dumoulin *seul.*

Messieurs Javilliers, Gaudrau, & Pierret.

PASTOURELLES.

Mesdemoiselles Isecq, Rameau, & Dimanche-C.

TROISIÉME ENTRÉE.

HABITANS de l'Isle de Chypre.

Messieurs Dangeville-L. & P-Dumoulin.

Mesdemoiselles Haren, & Isecq.

Monsieur F-Dumoulin, & Mademoiselle Prevost.

INDIENS.

Messieurs Duval, Guyot, Dangeville-C. & Rameau.

INDIENNES.

Mesdemoiselles Lemaire, Leroy, Dimanche-L. & Rameau.

SCITHES.

Monsieur D-Dumoulin *seul.*

Messieurs Germain, Dumoulin-L., Ferrand, Blondy, Marcel, Gaudrau, Javilliers, & Pierret.

UNE BOHEMIENNE.

Mademoiselle Dimanche-C.

PROLOGUE.

PROLOGUE.

Le Theatre represente un Port de Mer où la Flotte des Amours est prête à faire voile pour l'Isle de Cythere. Venus est accompagnée des Jeux & des Plaisirs déguisez en Matelots.

VENUS.

AMANS rassemblez-vous dans ce charmant séjour,
Embarquez-vous, suivez le tendre amour.
Il va recompenser votre perseverance,

Il veut acquitter en ce jour
Les promeſſes de l'eſperance.
Amans raſſemblez-vous dans ce charmant séjour,
Embarquez-vous, ſuivez le tendre amour.

Les Amans de diverſes Nations accourent à la voix de Venus, enchaînez avec des Guirlandes de fleurs.

CHOEUR *des Amours.*

Allez, allez, deſcendre aux rives de Cythere,
Le tems rit à vos vœux, craignez de le manquer.

CHOEUR *des Amans.*

Allons, allons deſcendre aux rives de Cythere,
Le tems rit à nos vœux, craignons de le manquer.

CHOEUR *des Amours.*

Mais prenez ſoin d'embarquer
L'objet qui vous a ſçu plaire.

CHOEUR *des Amans.*

Mais prenons ſoin d'embarquer
L'objet qui nous a ſçu plaire.

Divertissement des Amans mêlez aux Plaisirs déguisez en Matelots.

UNE AMANTE.

Ne craignons point de quitter le rivage,
Le tendre Amour écoute nos soupirs;
Ce Dieu charmant dans le plus rude orage
Nous fait encor éprouver des plaisirs,
Et nous aimons les peines du voyage
Quand le Port même échappe à nos desirs.

Bacchus suivi des Satyres & Bacchantes vient offrir son secours aux Amans.

BACCHUS.

Sensibles cœurs qui craignez le naufrage
Ne vous reposez pas sur les soins de Venus;
Voulez-vous être heureux quand l'Amour vous engage,
Embarquez avec vous les presens de Bacchus.

Amans versez du vin dans vos plus belles fêtes,
Son secours quand on aime est toujours de saison,
Tandis qu'Amour avance ses conquêtes
Bacchus amuse la Raison.

On entend une simphonie grave qui annonce Minerve.

BACCHUS & VENUS.

Dieux ! Minerve paroît, fuyez amans heureux,
Fuyez, n'écoutez pas ses conseils rigoureux.

Minerve descend suivie de ses Nymphes.

MINERVE.

Où courez-vous Mortels ? que ma voix vous arrête :
Calmez un aveugle transport.
Quoi voulez-vous quitter le Port
Pour aller chercher la tempête ?

MINERVE *à sa suite.*

Dégagez ces Mortels de ces fers odieux,
Vous qui suivez mes loix, assurez ma victoire.

VENUS *à sa suite.*

Amours qui me suivez dans ces aimables lieux
Défendez ces Amans, augmentez votre gloire.

La suite de Minerve s'efforce de briser les chaînes des Amans, & reste enfin enchaînée par les Amours.

CHOEUR *des Amours.*

Contre nous
Vos forces sont vaines,
Cedez à nos coups.
Soyez tous
En prenant nos chaînes
Heureux malgré vous.

MINERVE *à sa suite.*

Quoi vous cedez ! quelle foiblesse !
Loin de briser des fers qu'abhorre la sagesse,
Vous les portez à votre tour !

CHOEUR.

Rien ne peut resister au pouvoir de l'Amour.

MINERVE.

Vous que la vertu seule anime,
Genereux sentimens prêtez-moi du secours,
Tendre amitié, sincere estime,
Sans cesse on nous immole aux perfides Amours,
Unissons nos efforts, combattons-les toujours.
Armons, armons contr'eux jusqu'à l'affreuse haine,
Il n'est rien qui ne soit permis
Pour arracher les cœurs à la fatale chaîne
De ces dangereux ennemis.

VENUS.

Ce projet à Paphos causera peu d'allarmes;
Contre l'Amour qu'esperez-vous?
L'appui que vous croyez opposer à ses armes
Est celui que sans cesse il oppose à vos coups.

Quand les Amours veulent surprendre,
Comment parer leurs coups secrets?
Ils nous cachent si bien leurs traits
Qu'on ne peut s'en défendre.

Bien souvent un cœur abusé
Croit ne ceder qu'à l'amitié sensible,
A la Haine cruelle, à l'estime paisible
Lorsqu'il se rend à l'Amour déguisé.

Quand les Amours veulent surprendre
Comment parer leurs coups secrets?
Il nous cachent si bien leurs traits
Qu'on ne peut s'en défendre.

MINERVE *à sa suite.*

Suivez un indigne Vainqueur;
Nymphes qui me quittez éprouvez son caprice;
Je laisse à votre cœur
Le soin de ma vangeance & de votre supplice.

Elle sort.

VENUS & BACCHUS.

Fiere Déesse, allez, ne troublez plus nos Jeux;
Et vous qui triomphez de la Sagesse austere
Celebrez sa défaite & redoublez vos feux,
Ne perdez pas ce jour heureux,
Bacchus vous conduit à Cythere
Et l'Amour doit y couronner vos vœux.

Le Divertissement interrompu par Minerve, continuë.

UN SATYRE.

Que d'exploits
L'Amour doit à la treille;
Il a sçu cent fois
Choisir le verre & la bouteille
Pour son carquois.
Sans Bacchus l'Amour a des allarmes,
Sans l'Amour Bacchus a moins de charmes,
Il faut les servir tous deux
Pour être heureux.
Quand ces Dieux ont réüni leurs armes,
Non, rien n'est si doux
Que d'éprouver leurs coups.

VENUS *à la suite de Minerve.*

Partez, nouveaux Sujets de l'Empire amoureux,
Venez être témoins de nos aimables fêtes,

Qu'à vos yeux en ce jour un ſpectacle pompeux
Des Amours déguiſez retrace les conquêtes.

CHOEUR.

Volez, Zephirs, conduiſez-nous
Et calmez l'Empire de l'Onde.
Allons, allons gouter les plaiſirs les plus doux
Dans les plus beaux climats du monde.

Ils ſuivent tous Venus & les Plaiſirs & vont s'embarquer avec eux.

FIN DU PROLOGUE.

LES

LES AMOURS DÉGUISEZ,

BALET.

PREMIERE ENTRÉE.

LA HAINE.

Le Theatre represente un Temple antique du Soleil; au fonds d'un desert; on voit la Mer dans l'eloignement.

SCENE PREMIERE.

DIOMEDE *seul.*

QUE la feinte & le silence
Augmentent la violence
Des tourmens d'un tendre cœur!

Contraint de cacher mon ardeur
J'affecte d'éviter le cher objet que j'aime,
L'amour qui cause ma langueur
En est le confident lui-même.
Je ne me plains qu'à lui de sa rigueur.
Que la feinte & le silence
Augmentent la violence
Des tourmens d'un tendre cœur !

Mais c'est trop écouter une vaine tendresse,
Les Grecs impatiens veulent revoir la Grece,
Je n'entens que des vœux qui condannent les miens,
Diomede est-ce à toi d'aimer une Déesse,
Fille d'un Dieu protecteur des Troyens ?
Elle vient, évitons son courroux légitime,
Ciel ! pourrai-je à ses coups ravir une victime
Qu'enchaînent de si beaux liens ?

SCENE II.

PHAETUSE, DIRCE', *suite de Phaetuse.*

PHAETUSE *à sa suite.*

C'En est fait, il est tems d'immoler à mon Pere
Les Grecs objets de son courroux ;
Ministres de ma haine empressez à me plaire,
Rassemblez ces Guerriers, livrez-les à mes coups.

La suite de Phaetuse sort pour executer ses ordres.

DIRCE'.

Quel funeste dessein ! Dieux ! quel Arrêt severe !

PHAETUSE.

Non, non, le Dieu du jour n'est pas assez vangé.
Il est tems que la rage à la douceur succede,
Immolons les Vainqueurs d'Illion ravagé,
Commençons par leur mort celle de Diomede.

DIRCE'.

Souvenez-vous des maux qui l'ont persecuté.

PHAETUSE.

Souviens-toi seulement de sa témerité,
Elle est l'excuse de ma rage ;

Souviens-toi qu'il ſurprit cette fatale image
Qui des murs d'Illion faiſoit la ſureté.

Que pour expier leur victoire
Les Grecs periſſent dans ces lieux,
Et faiſons-leur pleurer la criminelle gloire
De renverſer des murs élevez par les Dieux.

DIRCÉ.

Depuis qu'un terrible naufrage
Vous a livrez ces malheureux vainqueurs,
Par vos ſoins chaque jour de nouvelles douceurs
Les enchantent ſur ce rivage.

PHAETUSE.

Ah! pour mieux me vanger j'amuſe leurs déſirs,
Ils doivent ce repos à ma haine inflexible,
Eſt-il une mort plus terrible
Que celle qui ſuit les plaiſirs?
Mais le fier Diomede a trompé ma vangeance,
Rien ne l'occupe ſur ces bords,
J'ai fait pour le charmer d'inutiles efforts,
Je le voi chaque jour éviter ma preſence....
Je ſçai même, je ſçai qu'il veut quitter ces lieux....
Croit-il donc m'échapper ce Grec audacieux?
Je ne puis t'exprimer la haine qu'il m'inſpire.
Non, tout mon cœur n'y peut ſuffire:
S'il avoit pû m'aimer, ô Dieux!
Ma vangeance eût été parfaite,

Que j'aurois triomphé Dircé, de sa défaite !
Un mépris éclatant de sa plus vive ardeur
Eût été sa premiere peine.

DIRCE'.

Je reconnois enfin son crime, & vôtre haine.

PHAETUSE.

Je ne puis trop punir sa superbe froideur.

DIRCE'.

Que l'indifference
Outrage la beauté !
Elle ne peut en pardonner l'offense ;
Un téméraire amour blesse moins sa fierté
Que l'indifference.

PHAETUSE.

Connois mieux ma fureur.

DIRCE'.

Sous les traits empruntez de l'affreuse vangeance
Le dépit seul déchire vôtre cœur.

Le dépit & la haine ont le même langage,
Mais le dépit est enfant de l'Amour.
Une fiere beauté qu'un insensible outrage,
S'y méprend souvent plus d'un jour :
Le dépit & la haine ont le même langage,
Mais le dépit est enfant de l'Amour.

PHAETUSE.

Tu crois qu'au foible amour j'ai cedé la victoire...
Mais je vois les Grecs enchaînez;
Commençons les tourmens qui leur sont destinez,
Dircé je vais bien-tôt justifier ma gloire.

SCENE III.

PHAETUSE, DIRCE', *Sacrificateurs du Soleil, suite de Phaetuse, Grecs enchaînez.*

PHAETUSE.

tres beau;

Ministres du Soleil attentifs à ma voix,
Ecoutez & suivez mes loix.
Vangez le Dieu du Jour, vangez le Dieu de l'Onde,
Les Grecs sont dés long-tems l'objet de leur courroux,
Que vôtre zele au mien réponde,
Prêtez aux immortels vôtre bras & vos coups.

Que la terre tremble & fremisse,
Que l'Onde en mugissant s'éleve jusqu'aux Cieux.
Que l'Univers applaudisse
A la vangeance des Dieux.

CHOEUR.

Eclatez bruyant Tonnerre,
Secondez nos cris affreux,

DEGUISEZ.

Lancez, lancez sur la terre
Vos plus redoutables feux.

PHAETUSE.

Infortunez Troyens, ô vous ombres celebres!
Si ma voix peut descendre aux rivages funebres,
Apprenez de ces Grecs le supplice & l'effroi;
Leur sang va laver vôtre offense,
O! Manes irritez partagez avec moi
Les doux plaisirs de la vangeance.

SCENE IV.

PHAETUSE, DIRCE', *Sacrificateurs du Soleil, suite de Phaetuse, les Grecs enchaînez*, DIOMEDE.

Les Sacrificateurs se disposent à immoler les Grecs.

LES SACRIFICATEURS.

DEesse, nous allons remplir vôtre esperance.

DIOMEDE.

Barbares arrêtez, portez-moi tous les coups
De la rage qui vous anime;
Je suis la seule victime
Digne de vôtre courroux.

Hâtez-vous, c'eſt mon ſang que vous devez répandre,
Ne vangez que ſur moi le plus brillant des Dieux,
Je l'offenſe plus dans ces lieux
Que ſur les rives du Scamandre.

PHAETUSE.

Et! quel crime nouveau venez-vous déclarer?

DIOMEDE.

Pouvez-vous encor l'ignorer?
Je ne viens l'avoüer que pour hâter ma peine,
Ce crime que mon cœur augmente chaque jour.
Si vous me devez vôtre haine
Songez que tous les cœurs vous doivent de l'amour.

PHAETUSE.

Ciel! quel aveu m'oſez-vous faire?
Et qu'oſez-vous en eſperer?

DIOMEDE.

Vous n'auriez jamais ſçu mon ardeur témeraire
Si je n'étois prêt d'expirer,
Ah! qu'à ce prix la mort m'eſt chere.

PHAETUSE.

Oubliez-vous mon rang, ma haine, ma fierté?
Vôtre amour contre vous me prete encor des armes.

DIOMEDE.

DIOMEDE.

Se ſouvient-on du rang lorſqu'on voit la beauté ;
Non, un cœur prés de vous ne penſe qu'à vos charmes.
Terminez mon crime & mon ſort,
Mon feu vous offenſe & m'accable.
Quoi me trouvez-vous trop coupable
Pour me donner la mort ?

LE SACRIFICATEUR *à Phaetuſe.*

Ah ! c'eſt trop differer le ſanglant Sacrifice
Que les Dieux attendent de vous ;
Immolez Diomede à leur juſte courroux,
Son crime a trop long-tems évité le ſupplice....
Vous tremblez ! eſt-ce ainſi que vous ſçavez haïr ?
Un moment a changé vôtre cœur implacable ;
Allons, n'écoutons pas une pitié coupable,
Vous imiter, ce ſeroit vous trahir,
Frappons....

PHAETUSE.

Arrête.

LE SACRIFICATEUR.

O Ciel ! que faites vous ?

PHAETUSE.

Barbare
Arrête ; la pitié ſuccede à mon courroux :

Miniſtres de ma haine, allez, retirez-vous.

Les Sacrificateurs, & la ſuite de Phaetuſe ſortent.

Qu'ai-je fait ? quel tranſport de mon ame s'empare ?
Ma fierté m'abandonne, & ma raiſon s'égare...
Mon captif devient mon vainqueur.
Je voudrois vainement cacher mon trouble extrême,
Que ne vous diſent pas mes ſoupirs... ma langueur ?...
Quelques coups qu'ait voulu vous porter ma fureur
Vous êtes vangé... je vous aime.

DIOMEDE.

Eſt-il poſſible ? ô Ciel ! ô deſtin trop heureux !
Quoi, vous m'aimez ! quoi, l'Amour me diſpenſe
Un bien que jamais l'eſperance
N'eût osé promettre à mes vœux !

PHAETUSE.

L'Amour nous trompoit l'un & l'autre,
A quoi m'expoſoit-il par ſon déguiſement ?
Je n'ai connu mon cœur qu'au funeſte moment
Où je voulois percer le vôtre.

DIOMEDE.

Ah ! quel heureux danger ! que mon ſort eſt charmant !
Comment vous exprimer le doux raviſſement
De mon ame contente ?
Je ne puis que ſentir le bonheur qui m'enchante.

DIOMEDE ET PHAETUSE.

Viens aſſurer par tes plus doux attraits,
Et nôtre bonheur & ta gloire:
Amour fais durer à jamais
Et nos plaiſirs & ta victoire.

PHAETUSE.

Changez, changez triſte séjour
Comme les tranſports de mon ame,
Devenez digne de l'amour
Et du cher objet qui m'enflâme.

SCENE V.

Le Theatre change, & represente un Palais magnifique.

PHAETUSE, DIOMEDE, DIRCE', GRECS, *suite de Phaetuse, Nymphes & Habitans de son Isle.*

PHAETUSE.

VEnez, Nymphes, venez, abandonnez vos bois,
Par vos chants, par vos jeux, marquez moi vôtre zele;
Accourez, unissez vos voix,
Celebrez de l'Amour la victoire nouvelle.

DIRCE'.

Guerriers, la paix vous offre un doux loisir,
Que l'Amour seul occupe la victoire;
Autant que Mars il peut donner de gloire
En vous donnant cent fois plus de plaisir.

UN HABITANT *de l'Isle de Phaetuse.*

Cantate Amours, lancez vos feux,
Profitez de ce jour heureux,
Volez, augmentez vos conquêtes,

Embelliſſez nos fêtes,
Regnez, brillez Plaiſirs & Jeux.
Amours, lancez vos feux,
Profitez de ce jour heureux,
Volez, augmentez vos conquêtes.

CHOEUR.
il a été retranché.

Briſez vos chaînes,
L'Amour a fini vos peines,
Guerriers heureux,
Recevez de plus doux nœuds.
Calmez vos craintes,
Terminez vos triſtes plaintes,
Que vos ſoupirs
Ne ſoient plus que des plaiſirs;
Nos jeux, nos fêtes
Vous preparent des conquêtes,
Ne manquez pas
Des exploits ſi pleins d'appas.

SECONDE ENTRÉE.

L'AMITIÉ.

Le Theatre represente un Vallon au pied du Mont Ida, où les Bergers d'alentour doivent s'assembler pour celebrer le retour du Printems. La nuit cache encore les beautez de ce lieu champêtre.

SCENE PREMIERE.

PARIS *seul.*

PAisible Nuit, suspendez vôtre cours,
Laissez regner encor le silence & les ombres.
Hélas! les malheureux amours
Préferent vos nuages sombres
A la clarté des plus beaux jours.

Paisible Nuit, suspendez vôtre cours,
Laissez regner encor le silence & les ombres.

Le jour naissant interrompt les plaintes de Paris, & éclaire le bocage témoin de ses soupirs.

Mais quel éclat frappe mes yeux?
Quoi déja dans les Cieux
On voit briller l'Aurore?
Les fleurs s'empressent d'éclore
Et d'embellir ce séjour,
Où nous allons bien-tôt celebrer le retour
De la saison de Flore.

On entend un concert de petites flutes qui imitent le chant des oiseaux éveillez par l'Aurore.

Mille oiseaux rassemblez qui volent dans les airs,
Par leurs aimables chants previennent nos concerts.

O vous! pour qui l'amour n'a que de douces chaînes,
Tendres oiseaux vous me rendez jaloux.
Vous chantez vos plaisirs, que vôtre sort est doux!
Je n'ose, hélas! me plaindre de mes peines.

SCENE II.

PARIS, ISMENE.

ISMENE.

QUoi, lorſque du Printems qui nous rend les plaiſirs
Nous allons celebrer le retour & les charmes,
Vous vous livrez toûjours à d'injuſtes allarmes ?
Troublerez-vous nos jeux par vos triſtes ſoupirs.

PARIS.

C'eſt ſeulement dans ce ſéjour champêtre
Que je leur permets d'éclater ;
Hélas ! l'objet qui les fait naître
Ne daigne pas les écouter.

ISMENE.

L'hommage de Paris devroit flater ſa gloire.....

PARIS.

Non, la Nymphe en ſecret rougit de ſa victoire,
Que ſa fierté doit m'outrager !

J'ignore, il eſt vrai, ma naiſſance,
Mais, c'eſt à mon cœur d'en juger ;

Eh !

Je ſens que je ne ſuis berger
Que par ma ſincere conſtance.

Eh ! que me ſert, hélas ! tant de perſeverance :
Pour les maux d'un amant, Enone eſt ſans pitié,
Elle n'offre à mes feux que la froide amitié,
C'eſt un nom qu'elle donne à ſon indifference.

ISMENE.

C'eſt un nom qu'emprunte l'Amour,
Pour le bonheur d'Enone il la trompe en ce jour.

Un amour déguisé n'en eſt que plus aimable.
Lorſqu'il ne veut pas ſe nommer,
Il ne paroît pas redoutable
Nous l'aidons à nous deſarmer ;
Un amour déguisé n'en eſt que plus aimable.

PARIS.

Connoiſſez mieux Enone & ſon ſuperbe cœur,
Elle m'ordonne, hélas ! d'éteindre mon ardeur.
Ah ! que j'obéïs mal à cette loi ſevere !
Je ſens bien que mon cœur la veut toûjours trahir,
Deuſſai-je de la Nymphe attirer la colere....

ISMENE.

Si vous craignez de lui déplaire,
Gardez-vous bien de lui mieux obéïr.

Mais voulez-vous pénétrer dans ſon ame,
Feignez de reſſentir une nouvelle flâme.

PARIS.

Moi paroître inconſtant ! quel remede fatal !
Mon cœur pourra-t-il ſe contraindre ?
Dieux ! qu'il m'en coutera pour feindre,
Et que je feindrai mal !

ISMENE.

Cherchez à vous guerir, ou ceſſez de vous plaindre.

Amans, lorſque l'objet qui vous à ſçu toucher
Vous déguiſe l'ardeur dont ſon ame eſt ſaiſie,
Feignez qu'un nouveau nœud vient de vous attacher :
L'impetueuſe jalouſie
Sçait démaſquer l'Amour qui cherche à ſe cacher.

J'apperçoi chaque jour dans les yeux de Floriſe
Que ſon ame pour vous en ſecret eſt épriſe,
Par des ſoins affectez amuſez ſes deſirs,
Profitez du conſeil que mon zele vous donne,
Et faites s'il ſe peut qu'Enone
Vous reproche vos feints ſoupirs.

PARIS.

Amour pardonne moi cet innocent outrage !

Floriſe paſſe au fonds du Theatre.

ISMENE.

Floriſe paroît ſous l'ombrage,

Paris allez à ses genoux
Lui presenter un faux hommage.
Je vais chercher Enone... elle vient. Hâtez-vous
Pour calmer vôtre cœur, rendez le sien jaloux.

PARIS.

Quel sera mon destin & que puis-je prétendre?

ISMENE.

Allez, je vais bien-tôt l'apprendre.

Paris suit Florise dans le bocage aux yeux d'Enone qui aborde Ismene.

SCENE III.

ENONE, ISMENE.

ENONE.

Ciel! qu'ai-je vû? quel changement, ô Dieux:
Paris cherche Florise & la suit à mes yeux;
Hélas! est-ce le prix que devoit en attendre
Mon amitié si sincere & si tendre?
Que deviendrois-je Ismene en ce funeste jour
Si mon credule cœur s'étoit laissé surprendre
Aux trompeuses douceurs du dangereux amour?

ISMENE.

Pourquoi se plaindre d'un volage,
Lorsqu'on ne veut pas s'engager ;
Quand il sort de nôtre esclavage
Il nous sert loin de se vanger.
Un tendre amant sçauroit peut-être
Flêchir un jour nôtre fierté,
Un inconstant nous fait connoître
Tout le prix de la liberté.

ENONE.

L'ingrat ! par quels transports il a sçu me surprendre ;
Qu'il paroissoit sincere & tendre !
Qui n'auroit cru ses soins & ses serments ?
Ah ! je fuirai toûjours l'amour & les amans...
Mais est-il tems encor ?... mes soupirs... mes allarmes,
Mes tristes yeux baignez de larmes,
Tout ne m'instruit que trop de mon cruel malheur...
Eh ! puis-je me méprendre à mon inquietude ?
N'est-ce pas m'accuser d'une secrete ardeur
Que d'accuser Paris d'ingratitude ?
Pourroit-il être ingrat s'il n'étoit pas aimé ?
Amour ç'en est donc fait, mon coeur est enflâmé !

Amour ta rigueur est extrême,
Tu me laisses des fers qu'un volage à rompus,
Et je voi qu'il ne m'aime plus,
Dans le fatal moment où je sens que je l'aime.

J'ignorois ma défaite, Amour, cruel vainqueur,
Dieux! je ne sentois pas mes chaînes!
Et c'est, hélas! par tes plus rudes peines
Que tu te fais connoître à mon sensible cœur.
Amour, ta rigueur est extrême!
Tu me laisses des fers qu'un volage a rompus,
Et je vois qu'il ne m'aime plus
Dans le fatal moment où je sens que je l'aime.

ISMENE.

Peut-être que Paris... mais ô Ciel! c'est lui-même,
Fuyez... vous balancez, vous ne répondez pas...

ENONE.

Puis-je mieux te répondre? hélas!

SCENE IV.

PARIS, ENONE.

PARIS.

VOus ne voulez de moi qu'une amitié parfaite,
Enone, ç'en est fait, vous serez satisfaite.
Vous ne vous plaindrez plus des transports de mon cœur
Je viens de briser vôtre chaîne,

L'Amour m'offre un nouveau vainqueur
Florise vous défait d'un amant qui vous gêne.

Quoi pour vous obéïr je brise un nœud charmant,
Et vous évitez ma presence!
D'un si grand sacrifice est-ce la recompense ?

ENONE.

Non, je ne puis le payer dignement...
Volage! vous avez trahi mon esperance,
C'étoit à la raison non pas à l'inconstance
A triompher de vôtre amour.
Ah! que j'ai mal connu Paris jusqu'à ce jour!

PARIS.

Je serois plus constant si vous étiez plus tendre;
Mais un cœur prés de vous n'ose pas soupirer,
Un amant n'a rien à prétendre,
Je languirois sans esperer,
Je serois plus constant si vous étiez plus tendre.

ENONE.

Ingrat! peut être un jour... mais que lui vais-je apprendre?

PARIS.

Quelle vive douleur peut ainsi vous troubler?

ENONE.

Si tu ne l'entens pas, elle doit redoubler.

Eh bien! voi tout l'excés de l'ardeur qui m'anime,
Je ne puis le dissimuler
Sans te cacher tout l'excés de ton crime;
Perfide tu démens tes soupirs & ta foi
Quand tu connois que je t'adore...
Que dis-je? non jamais tu n'as brûlé pour moi
Si tu sçavois aimer tu m'aimerois encore:
Je n'ai pas cru jusqu'à ce jour
Sentir une flâme si tendre;
Mais quand mon cœur trompé méconnoissoit l'amour,
Ingrat! devois-tu t'y méprendre?

PARIS.

Belle Enone, est-il vrai? vous partagez mes feux?
Ma feinte a donc servi les plus doux de mes vœux.
Que vôtre courroux est aimable!
Il m'apprend que je suis heureux,
Les sinceres transports de mon cœur amoureux
Vous disent qu'il n'est pas coupable.

J'ai suivi Florise à vos yeux
Sans oser lui parler en sortant de ces lieux;
Loin de pouvoir achever une feinte
Qui vient d'assurer mon bonheur,

En vous fuyant mon tendre cœur
N'éprouvoit que trop de contrainte.

ENONE.

Quoi vous m'aimez toûjours ?

PARIS.

Puis-je changer jamais ?
Non, fiez-vous à vos attraits.

Prés de vous les beautez mêmes les plus nouvelles
Perdent le plaisir de charmer,
Et les cœurs que l'amour engage à vous aimer
Perdent le droit d'être infidelles.

ENONE.

Je méprisois l'Amour & l'Amour irrité
Pour me punir de ma fierté,
Dans ses aimables nœuds m'engage.
Ah ! que mon supplice a d'appas !
Si l'Amour ne se vangeoit pas
Il me puniroit d'avantage.

PARIS & ENONE.

Regne à jamais sur nos cœurs,
Amour, fais briller tes charmes,
Plaignons, plaignons les vainqueurs
Qui triomphent de tes armes.

On entend des hautbois qui annoncent la fête du retour du Printems.

ENONE.

ENONE.

La fête amene ici les Bergers d'alentour
Du Printems avec eux celebrons le retour.

SCENE V.

PARIS, ENONE, ISMENE, *Bergers, Bergeres, & Pastres.*

ISMENE.

RAmene les feüillages,
Les fleurs & les zephirs,
Printems sous tes ombrages
Viens cacher nos plaisirs.

CHOEUR.

Ramene les feüillages,
Les fleurs & les zephirs,
Printems sous tes ombrages
Viens cacher nos plaisirs.

ISMENE.

A l'Univers tranquile
Que parent tes attraits,
De l'Automne fertile
Annonce les bienfaits.

CHOEUR.

Ramene les feüillages,
Les fleurs & les zephirs,
Printems sous tes ombrages
Viens cacher nos plaisirs.

ISMENE.

Tout semble fait pour plaire,
Printems quand tu parais,
Et le Dieu de Cythere
Est plus seur de ses traits.

CHOEUR.

Ramene les feüillages,
Les fleurs & les zephirs,
Printems sous tes ombrages
Viens cacher nos plaisirs.

UNE BERGERE.

Vous que le doux Printems rassemble dans ces bois,
Chantez oiseaux, chantez l'amour & sa puissance,
Il vous apprend lui-même à celebrer ses loix,
Et les plaisirs qu'il vous dispense.
La crainte & les soupçons ne troublent point vos vœux,
En comblant vos desirs l'amour les fait renaître,
Quand vous goutez le plaisir d'être heureux
Vous ignorez qu'on peut cesser de l'être.

Vous que le doux Printems rassemble dans ces bois,
Chantez oiseaux, chantez l'amour & sa puissance,
Il vous apprend lui-même à celebrer ses loix,
Et les plaisirs qu'il vous dispense.

ISMENE.

Tendre amour dans nos bois heureux
Tu ne trouve pas de rebelles,
Les Bergers qu'enchaînent tes noeuds
Sont tes Sujets les plus fideles.
Loin de jamais nous allarmer
Du bruit de la raison severe,
Nous ne demandons pour aimer
Que l'aveu du Dieu de Cythere.
Tendre amour dans nos bois heureux
Tu ne trouve pas de rebelles,
Les Bergers qu'enchaînent tes noeuds
Sont tes Sujets les plus fideles.

On termine le Divertissement en reprenant le Chœur.

CHOEUR.

Ramene les feüillages,
Les fleurs & les zephirs,
Printems sous tes ombrages,
Viens cacher nos plaisirs.

TROISIÉME ENTRÉE.

L'ESTIME.

Le Theatre represente les Jardins du Palais de Julie.

SCENE PREMIERE.

JULIE, ALBINE.

ALBINE.

CE jour vous asservit à mille soins divers,
Cachez vôtre tristesse extrême.
Tandis qu'Auguste en paix gouverne l'Univers,
Sa Fille ne sçauroit regner sur elle-même!
Rome par d'aimables concerts
Renouvelle les Jeux & la Réjoüissance
Que fit éclore ici vôtre heureuse naissance.
Préparez-vous aux Jeux qui vous seront offerts,
Feignez du moins...

JULIE.

Non, non je ne sçaurois plus feindı
Albine, c'est trop me contraindre;
Je veux connoître Ovide & pénétrer son cœur,
Je veux connoître enfin son heureuse Corine;
C'est en vain qu'il s'obstine
A nous cacher toûjours l'objet de son ardeur.

ALBINE.

Craignez de découvrir vôtre secrette flâme,
Ah! deviez-vous la ressentir jamais?

JULIE.

Dieux! quels reproches tu me fais!
Quand le Fils de Venus triompha de mon ame,
Ne sçais-tu pas qu'il me cachoit ses traits?

L'Amour charmé de me surprendre
Sous le nom de l'Estime, a seduit ma fierté,
En le reconnoissant j'ai voulu m'en défendre,
Mon cœur étoit déja dompté.

ALBINE.

Quelque soin que l'Amour prenne
Quand il veut se déguiser,
On le reconnoît sans peine.
Ce Dieu ne peut amuser
Qu'un cœur épris de sa chaîne,
Et qui cherche à s'abuser.

Quelque ſoin que l'Amour prenne
Quand il veut ſe déguiſer
On le reconnoît ſans peine.

JULIE.

Vole, deſcens des cieux, amour vainqueur charmant.
Par une nouvelle victoire,
Triomphe de l'objet qui cauſe mon tourment,
Vange mon cœur, vange ta gloire?

Tu dois recompenſer les plus tendres ſoupirs,
Et cependant, hélas! dans un autre eſclavage
Tu ſouffres l'amant qui m'engage!
Amour, fais changer ſes déſirs
Pour ceſſer d'être ingrat qu'il devienne volage.

Vole, deſcens des Cieux, amour vainqueur charmant.
Par une nouvelle victoire,
Triomphe de l'objet qui cauſe mon tourment,
Vange mon cœur, vange ta gloire?

ALBINE.

Souvenez-vous d'Auguſte & que ſon trône un jour...

JULIE.

C'eſt un Romain pour qui mon cœur ſoupire.
La liberté ſemblable au tendre amour
Egaloit autrefois dans cet heureux ſéjour
Tous les mortels ſoumis à ſon empire.

Eh! comment ne pas m'enflâmer?
Ovide est favori de la Cour de Cythere,
Nous tenons de lui l'art d'aimer,
Il sçait encor mieux l'art de plaire.
Eh! comment ne pas m'enflâmer?

ALBINE.

Il approche, craignez de trahir vôtre flâme.

JULIE, *s'écartant.*

Tâchons de découvrir le secret de son ame,
Et quels attraits l'ont sçu charmer?

SCENE II.

OVIDE *seul.*

DEguisez-bien mon coeur le feu qui vous devore,
Craignez que les Echos n'apprennent vos soupirs,
Et vous volez jeunes Zephirs,
Annoncez dans ces lieux la beauté que j'adore.

Hélas! quand je la vois que mon sort est heureux!
Sa presence est le prix de mes tendres allarmes:
Admirer en secret ses charmes
Est l'unique faveur que prétendent mes voeux.

Déguisez-bien mon cœur le feu qui vous devóre,
Craignez que les Echos n'apprennent vos soupirs,
Et vous volez jeunes Zephirs
Annoncez dans ces lieux la beauté que j'adore.

SCENE VIII.

OVIDE, JULIE.

JULIE.

VEnez-vous chercher dans ma Cour
L'objet inconnu qui vous blesse ?

OVIDE.

C'est à nôtre auguste Princesse
Que je dois seulement consacrer ce beau jour.

Je suis chargé des Jeux que Rome vous apprête.

JULIE.

Tandis qu'on dispose la fête
Voudrez-vous contenter un désir curieux ?
Vôtre ardeur trop long-tems au silence s'obstine,
Apprenez-moi quelle est cette aimable Corine
Que vous cachez à tous les yeux.

OVIDE.

OVIDE.

Ah! Princesse, épargnez un amant déplorable,
Que lui demandez-vous? ô Dieux!
Il est assez coupable.

Fidelle au tendre Amour j'ai publié ses loix,
J'ai secondé ses doux exploits;
Par mes soins plus d'un cœur rebelle
A Paphos offre son encens;
Hélas! une peine éternelle,
Des soupirs étouffez, des regrets impuissans
Sont l'unique prix de mon zele.

JULIE.

Vous me cachez le sort de vos tendres desirs,
Quelle beauté pourroit mépriser les soupirs
D'Ovide amoureux & fidelle?

OVIDE.

La beauté que j'ose adorer
Ne sçait pas encor mes allarmes,
Et doit toûjours les ignorer.

JULIE.

Pourquoi dérober à ses charmes
Le seul tribut qui peut les honorer?

De la beauté qu'on aime est-ce offenser la gloire
Que de parler de son ardeur?

Non, chaque fois qu'on nomme ſon vainqueur
On renouvelle ſa victoire.

OVIDE.

Dieux ! quels combats vous me livrez !

JULIE.

Les beaux yeux que vous adorez
Sont trahis par vôtre ſilence.
Que ſervent à leur puiſſance
Des triomphes ignorez ?

OVIDE.

Ils ſont à chaque inſtant cent conquêtes plus belles.
De cet objet divin tout reſſent le pouvoir ;
On éprouve en l'aimant que tous les cœurs fidelles
Ne doivent pas leur conſtance à l'eſpoir.

La grandeur de ſon rang reçoit plus d'un hommage,
Qu'on n'oſe qu'en ſecret offrir à ſes appas ;
Mille Amours déguiſez qui volent ſur ſes pas,
Du timide reſpect empruntent le langage.

JULIE.

Ah ! ne me cachez plus le nœud qui vous engage,
Nommez-moi la beauté qui vous a ſçu charmer.

OVIDE.

Vous peindre ſes attraits, n'eſt-ce pas la nommer ?

JULIE.

Vous me déguiſez bien ce que je veux apprendre,
Je ne prétens pas vous gêner.

OVIDE.

Vous feignez vainement de ne me pas comprendre,
Quel ſupplice à mon crime allez-vous ordonner ?

JULIE.

Feindre de ne le pas entendre,
N'eſt-ce pas vous le pardonner ?

Je ſçai quelle eſt vôtre Corine,
Par des ſoupirs diſcrets prouvez-lui vôtre ardeur ;
Je me charge du ſoin d'inſtruire vôtre cœur
Du prix que le ſien vous deſtine.

OVIDE.

Ah ! que mon ſort eſt doux & glorieux !

On entend un prélude qui annonce le Divertiſſement.

JULIE.

Contraignez les tranſports que vous faites paroître,
On annonce la fête, il faut quitter ces lieux ;
Cachez toûjours Corine à tous les yeux,
Je prétens ſeule la connoître.

SCENE LV.

Le Theatre change & represente un grand Sallon du Palais de Julie, rempli de Peuples, differens Spectateurs de la fête. Julie arrive & se place sur un trône.

JULIE, ALBINE, OVIDE, *suite de la Princesse*, HABITANS *de l'Isle de Chypre*, INDIENS, SCITHES.

OVIDE.

RAssemblez-vous Peuples divers,
Qui partagez le sort de l'heureuse Italie,
Si Mars aux loix d'Auguste a soumis l'Univers,
L'Amour le soumet à Julie.
Venez, venez accourez tous,
Chantez un empire si doux.

CHOEUR.

Que le nom de nôtre Princesse
Vole aussi loin que les amours.
Ses charmes triomphent sans cesse,
Il faut les celebrer toûjours:
Que le nom de nôtre Princesse
Vole aussi loin que les amours.

UN HABITANT *de Chypre à Julie.*

Nous venons de ces beaux rivages
Dont en tous lieux les charmes sont connus ;
Nous vous apportons des hommages
Que nous n'avions encor presentez qu'à Venus.

L'amour est seur de la victoire
Quand vos yeux secondent ses coups.
Les traits qu'il emprunte de vous
Ne trahissent jamais sa gloire.

Que feroit-il sans vos appas ?
Sans cesse il vole sur vos traces ;
Vous avez de nouvelles Graces,
Que Cythere ne connois pas.

L'Amour est seur de la victoire
Quand vos yeux secondent ses coups.
Les traits qu'il emprunte de vous
Ne trahissent jamais sa gloire.

UN INDIEN.

Vous brillez plus que l'aurore
Qui naît dans nôtre séjour.
Et nous croyons être encore
Au lever du Dieu du jour.
Vous brillez plus que l'aurore
Qui naît dans nôtre séjour.

UN SCITHE.

L'Amour dans nos climats n'avoit rien à prétendre,
Nos cœurs contre lui prévenus
A son pouvoir charmant refusoient de se rendre
Et nous adorions Mars sans connoître Venus.
Contre les plus beaux yeux nous sçavions nous défendre,
Bellonne nous occupoit tous.
Vos attraits ont sçu nous apprendre
Qu'il est des Triomphes plus doux...

CHOEUR, *les Habitans de l'Isle de Chypre.*

Chantons, chantons sans cesse
Nôtre aimable Princesse.

INDIENS.

Que les Ris, que les Jeux rassemblez par l'Amour
Apprennent ses attraits aux Echos de Cythere.

SCITHES.

Qu'il celebre autant ce beau jour
Que la naissance de sa Mere.

Tous les Chœurs réünis répetent ces Vers, & finissent le Divertissement.

FIN.

VEU & permis, le 13. Juillet 1713.
Signé, M. R. DE VOYER D'ARGENSON.

www.ingramcontent.com/pod-product-compliance
Ingram Content Group UK Ltd.
Pitfield, Milton Keynes, MK11 3LW, UK
UKHW021115290826
14628UKWH00014B/2220

9 782013 089876